RAPHAËL & BONNEL

HISTOIRE

DE

DEUX ZOUAVES PONTIFICAUX

POÈME

Par Sidoine Barraguey

EN VENTE

MAISON BLEUE, 4, Place des Petits-Pères

PARIS

1881

RAPHAËL & BONNEL

HISTOIRE

DE

DEUX ZOUAVES PONTIFICAUX

RAPHAËL & BONNEL

HISTOIRE

DE

DEUX ZOUAVES PONTIFICAUX

I

C'était au temps maudit de nos sombres alarmes.
Nos deux jeunes héros étaient compagnons d'armes.
A la voix du pays foulé par l'Etranger,
Sous Charrette leur chef jaloux de se ranger,
Ces zouaves croisés, pleins de foi, d'espérance,
Allaient lutter encor pour l'honneur de la France.
Le premier avait l'âge où le riant printemps
Donne toutes ses fleurs : il avait ses vingt ans.
Riche et noble, il pouvait montrer des armoiries
Qui remontaient au temps des grandes seigneuries.
Il était élancé, souple comme un roseau,
Mais ferme et courageux autant qu'il était beau.
Sa parole sonore, ardente, harmonieuse,
Allait tout droit chercher cette corde pieuse
Toujours prête à vibrer dans le fond de nos cœurs;
Mais souvent certains mots, acerbes et moqueurs

Révélaient un poison infiltré dans son âme,
Qu'embrasait cependant une céleste flamme.
Au camp on l'appelait simplement Raphaël,
L'autre portait le nom plébéien de Bonnel,
Enfant de l'atelier, jeune homme à rude écorce,
Il rappelait Hercule ; il en avait la force.
Il aurait fatigué les vieux soldats romains.
Son blason se voyait imprimé dans ses mains.
Il avait, de la lutte aimant les rudes charmes,
Dans le champ du travail fait ses premières armes.
A tous les vains plaisirs tenant son cœur fermé,
Il s'était de bonne heure et rudement formé
A tous les saints devoirs, prêchés par une mère
Modèle de vertu, sans qu'une plainte amère
Eût pu jamais trahir la révolte du cœur.
De ce culte sacré, l'amour, jamais vainqueur,
Ne l'avait égaré dans le sentier du vice.
Et chacun de ses jours comptait un sacrifice.
A soutenir sa mère appliquant ses efforts,
Il paraissait à tous un fort parmi les forts.
Pour lui sa mère était un dieu, presque une idole;
A son front de Madone il voyait l'auréole.
Raphaël, après elle, avait tout son amour.
On sentait qu'il était à lui sans nul retour.
Il le considérait comme un de ces génies
En qui toutes vertus sont par Dieu réunies ;
Car ses enseignements étendaient l'horizon
De son esprit inculte et charmaient sa raison.

Quelquefois, en dehors de ses récits austères,
Raphaël soulevait le voile des mystères
Qui cachent trop souvent, même aux plus fins regards,
De la jeunesse d'or les funestes écarts.

Un jour, il laissa voir dans le fond de son âme
Le foyer mal éteint d'une amoureuse flamme :
Mais un profond soupir, aussitôt comprimé,
Vint lui prouver, hélas ! qu'il avait trop aimé !
A cet aveu furtif de son compagnon d'armes,
Bonnel s'était senti les yeux mouillés de larmes.

Souvent pendant la nuit, quand il ne dormait pas,
Le forgeron Bonnel se répétait tout bas :
Les riches ont du bon ; mais il faut les connaître.
On nous dit constamment : le riche c'est ton maître,
A lui seul, ici-bas, tout bonheur appartient ;
Lui seul possède l'or ; c'est par là qu'il te tient.
Longtemps j'ai cru tout ça ; mais c'est un mauvais songe.
Si c'est vrai pour plusieurs, pour d'autres c'est mensonge.
Il est des ouvriers qui souillent leur marteau
Et de honte et de vice ont parfois plein la peau.
A ceux-là je leur dis : allez au loin, canaille !
Dieu merci, le grand nombre honnêtement travaille.
A ceux-ci je dirai : salut ! honneur à vous !
Que le fruit du travail à tous vous soit bien doux.
Les riches, à leur tour, ont parfois leur vermine ;
Que le bon Dieu du ciel l'écrase et l'extermine !
Mais j'en vois parmi nous... *Motus* !... pas l'oublier...
Qui font bien leur devoir et valent l'ouvrier.
Certe, ils ne sont jamais les derniers à l'ouvrage ;
Ils nous donnent partout l'exemple du courage ;
Entre autres Raphaël... Quel vaillant compagnon !
C'est gentil... c'est fluet, pimpant et tout mignon ;
Mais tout rappelle en lui la forte et vieille roche.
Pour lui je donnerais, au besoin, ma caboche.
Pourtant, malgré son or, il est bien malheureux...
Insensés ! dites donc que tout bien est pour eux !

II

Un jour, les deux amis, rentrant de la bataille,
S'assirent tout joyeux sur leur couche de paille ;
Car l'ennemi, chassé de sa position,
Paraissait commencer son expiation.
— Bonnel, dit Raphaël, avec un doux sourire,
Si dans ce cher moment près de toi je respire,
Je le dois à ton bras, à ton cœur de héros.
— Halte-là ! Sur le compte, alignons deux zéros.
Hier, vous m'avez sauvé. J'ai rendu la pareille.
Soyons heureux, tout va, nous dit-on, à merveille.
— Mais que de sang versé ! que de mères en pleurs
Auront le cœur rongé d'incurables douleurs !
Nos jours valent-ils bien tout le prix qu'on leur donne ?
L'heure succède à l'heure et n'est jamais bien bonne.
La vie a-t-elle encor quelques charmes pour toi ?
— Si je disais que non, je mentirais, ma foi,
Et je dois avouer que j'aime la commère.
D'ailleurs, j'ai quelque part un bon ange de mère.
— Ah ! moi, je n'en ai plus !
       Ce cri désespéré
Frappa le forgeron comme un trait acéré.
Il pénétra son cœur, y fit une morsure,
Plus cruelle cent fois que toute autre blessure.
— Si riche ! et plus de mère !.. Il lui tendit la main.
Raphaël l'attira vivement sur son sein,
Et, confondus ainsi dans une même plainte,
Leurs deux cœurs palpitaieut sous une douce étreinte,

Après quelques instants de muette douleur,
Le forgeron reprit. — Je vois que le malheur
Pour pénétrer partout trouve une porte ouverte.

Personne mieux que moi ne comprend votre perte.
Si de ma mère, hélas ! le bon Dieu me privait,
Ah ! ce serait pour moi comme s'il m'enlevait
Le jour en plein midi. Pauvre marteau sans manche,
Je ne vaudrais pas gros... et le bon vieux dimanche
Me trouverait sans joie et sans espoir au cœur.
Ma mère, voyez-vous, c'est tout sucre et douceur !
— Voudras-tu, quelque jour, me la faire connaître?
A ces mots l'ouvrier frémit dans tout son être.
— Vraiment?... Vous daigneriez?...
                          — Mais très certainement.
Mon cœur y trouverait un doux contentement.
La mère d'un tel fils est digne d'être aimée ;
Je saurai le prouver au retour de l'armée.
—Quoi ! Vous? aimer ma mère ! Oh ! vous me rendez fou...
Je sens que le bonheur, montant jusqu'à mon cou,
Va m'étouffer... Tenez... Je sens fondre mon âme...
Et voilà que je vais pleurer comme une femme.
En effet, il pleura... Comme des gouttes d'or
On vit tomber ses pleurs, qui valaient un trésor.
— Maintenant demandez, s'il vous plait, un miracle,
Et je l'accomplirai. Je ne suis point oracle
Mais frappez à ce cœur ; pour vous il est ouvert.
Vous êtes bon, bien bon... et vous avez souffert.
— Oui, j'ai souffert, mon frère, et mon mal dure encore :
Un souvenir amer me ronge et me dévore.
J'ai voulu l'étouffer, mais il survit toujours.
Tu comprends qu'il s'agit de malheureux amours?
Toi, que nul n'a trahi... — Pardon ! une minute !...
Un homme, un Allemand, un cafard, une brute,
M'a trahi bel et bien. Ce rustre mal lavé
Dès longtemps dans Paris fatiguait le pavé :
Il était malheureux, il cherchait de l'ouvrage ;

Il faisait peine à voir ; je lui donnai courage.
Contre-maître, pour lui j'ouvris mon atelier.
C'était plus que du pain mis dans le ratelier ;
Il voulait mieux encore ; il lui fallait ma place.
De tant d'ingratitude à la fin on se lasse.
Pour tout rompre d'un coup, je lui dis un beau jour :
Tâche de déguerpir, de filer sans retour.
Depuis lors je n'ai plus joui de sa présence.
Je voudrais bien pouvoir renouer connaissance.
Il doit être soldat, et j'aurais grand plaisir
A le payer enfin de son mauvais désir.
Que voulez-vous ? C'est dur de voir tant de malice
Quand on est, comme moi, sans fard, sans artifice.
— Ami, la trahison se trouve un peu partout.
Dieu soutient l'honnête homme et le maintient debout.
Puisque j'ai commencé ma triste confidence,
Je veux la compléter sans nulle réticence,
La femme que j'aimais a trompé mon espoir.
Est-ce de son plein gré ? Je n'ai pu le savoir :
Car elle a disparu, ne laissant derrière elle
Qu'un souvenir d'amour et de peine cruelle.
Oui je conserve encor (vain remède au regret)
De cet ange perdu le séduisant portrait.
Il est là, sur mon sein, avec la fleur fanée,
Qu'elle-même m'offrit, à l'heure fortunée
Où de mon cœur épris je lui dis le tourment.
Promets-moi, mon ami, promets-moi, par serment,
De me rendre, au besoin, un funèbre service.
— Je le jure ! Mon Dieu, pourquoi tant d'artifice ?
Dites-moi simplement : Tu feras ça, Bonnel.
Parbleu ! vous verrez bien si je manque à l'appel.
— Ce que j'attends de toi demande une prière ;
Je te remets ici ma volonté dernière.

— Vous voulez donc mourir ? Ma foi, ce n'est pas beau,
Quand nous avons encor à venger le drapeau.
— En voulant le venger sur le champ de bataille
Je puis tomber demain frappé par la mitraille.
— Ah ! malheur à celui qui vous aurait mis bas !...
Mais si vous y restez, je n'en reviendrai pas.
— Noble fou ! C'est surtout si je meurs qu'il faut vivre.
Tu vois qu'à ton bon cœur tout entier je me livre.
Suis-moi bien : Si je meurs je veux que ce portrait
Ne puisse de mon sein être jamais distrait ;
Tu nous feras porter ensemble au cimetière,
Dans les lieux occupés par ma famille entière.
Mets-y quelques bouquets formés par cette fleur
Qui fut son premier don et mon premier bonheur ;
Et puis ce sera tout... et tu pourras te dire :
Mon ami dans le ciel me bénit et m'admire.
— Vous me faites passer, dans un même moment,
Du plus grand des bonheurs au plus cruel tourment.
Vous ne voulez donc plus connaître cette mère
Que vous deviez aimer ?... Dérision amère !...
Oh ! je le veux toujours. Mais je dois tout prévoir...
— Et si c'est moi qui meurs ?... irez-vous bien la voir ?...
— Oh ! je te le promets ; Bonnel, je te le jure !
Et jamais un des miens ne connut le parjure.
Oui, oui, je la verrai, non pas comme un passant,
Mais comme un nouveau fils en tout te remplaçant.
Je lui dirai souvent tes vertus, ton courage ;
Que tu fus un héros, un fils à son image.
Et Bonnel, tout ému de cet âpre bonheur,
Mélange inexpliqué de joie et de douleur,
Sanglotait sans rien dire, et de ses mains rugueuses,
Pressait deux autres mains étroites et nerveuses,
Quand la voix lui revint : — C'est conclu, c'est fini ;

A la grâce de Dieu ! Que son nom soit béni.
Les deux amis alors sur leur couche de paille
S'endormirent contents et prêts pour la bataille.

III

La lutte a commencé sur dix points à la fois.
De milliers de canons tonne la sombre voix.
L'ennemi sent déjà la victoire infidèle ;
Par un plus grand effort il faut qu'il la rappelle.
S'il laisse nos soldats deux jours victorieux,
Tout est perdu pour lui ; son plan audacieux,
Comme un château bâti sur le sable et la boue
S'écroulera demain, et comme il sent qu'il joue
La suprême partie, il a tout préparé
Pour qu'un succès au nombre encor soit assuré.
Ils seront cinq contre un ; dix, peut-être... qu'importe ?
Qui ne craint pas la mort se sent l'âme plus forte.
Aussi tous nos soldats ont le sublime orgueil
De vouloir délivrer notre patrie en deuil.
Bravo ! les voilà tous à la voix qui leur crie :
En avant ! s'élançant guidés par la Furie.
Le canon n'aura plus la dernière raison.
Le chassepot commence à chanter sa chanson :
Le voilà qui détruit, sur ce champ de carnage,
Plus d'hommes que la grêle en deux heures d'orage
Ne renverse d'épis dans la saison d'été.
Cette fois l'ennemi recule épouvanté.
Des zouaves croisés la cohorte muette
Vient d'entendre le cri : Marche ! à la bayonnette !
Pareils à des lions, un instant déchaînés,
Il s'élancent par bonds seulement alternés
Par leurs terribles chocs sur la masse qui plie.

Sous leur pas triomphants la mort se multiplie.
Honneur à ces soldats, héros improvisés,
Que leurs premiers exploits ont immortalisés.
Frappez! et de vos coups ne soyez point avares;
Frappez! frappez encor ces hordes de barbares!
Ils s'enfoncent toujours comme des coins d'acier;
Et l'ennemi fondant comme fond un glacier
Sous les rayons ardents d'un soleil qui dévore,
Semble nous laisser voir une nouvelle aurore
Messagère d'un jour de gloire et de bonheur.
O rage! ô désespoir! Inutile valeur!
Les bataillons tombés sous l'effort gigantesque
Sont soudain remplacés dans cet enfer dantesque
Par de nouveaux soldats qui paraissent surgir
Enfantés par miracle, et qu'on entend rugir
Comme des tigres prêts à dévorer leur proie.
Oh! que le feu du ciel à l'instant les foudroie!
Stupéfaits en voyant ces renforts incessants,
Comme des têtes d'Hydre à l'heure renaissants,
Nos soldats vont plier, se débander, peut-être!...
O mon Dieu, qui du ciel dois voir et bien connaître
Que juste est notre cause, arrête l'Etranger!
Hélas! Dieu daigne-t-il encor nous protéger?
Ah! quittez vos tombeaux, vous, l'orgueil de la France;
Mânes de nos guerriers, rendez-nous l'espérance!
De la patrie en deuil entendez-vous la voix?
Reprenez pour un jour vos glaives d'autrefois.
Que l'ennemi, voyant vos faces redoutables,
Sache que les Français sont toujours indomptables.
O bonheur! Les vivants n'ont pas besoin des morts!
Zouaves, en avant! Oh! quels vaillants efforts!
En avant! Vos exploits, burinés par l'Histoire,
A nos petits neveux rediront votre gloire.

En avant !... Les voilà seuls maîtres du terrain !
On n'entend plus la voix des grands canons d'airain.

Mais que voit-on là-bas ? La lutte dure encore :
Un jeune homme a repris un drapeau tricolore
Des mains d'un Allemand à ses pieds étendu.
On combat corps à corps, et le sang répandu
A détrempé la terre. En cet affreux désordre
On foule les mourants que l'on peut voir se tordre
Dans les spasmes nerveux d'une trop lente mort.
Ah ! ce n'est plus le plomb, mais c'est le fer qui mord.
Le sabre-bayonnette a trouvé sa rubrique.
A lui seul appartient aujourd'hui la réplique.
Soudain un cri s'entend : Bonnel ! à moi, Bonnel !
Ce cri, qui l'a poussé, si ce n'est Raphaël ?
Comme un puissant taureau, qui combat dans l'arène
Et bondit furieux sous le pétard qu'il traîne
A sa croupe attaché, Bonnel s'est élancé.
Tout tombe sous ses coups, culbuté, terrassé,
Et d'un bond il se trouve auprès de la victime ;
Là, comme un demi-dieu, fier, terrible et sublime
Il tient les Allemands à leur place éblouis.
Admirant cette audace et ces faits inouïs.
Tout-à-coup du milieu de la troupe immobile
Une voix retentit comme un cri de Kabyle :
Lüstig ! Forwärts ! Ce cri, Bonnel l'a reconnu ;
C'est celui du Prussien autrefois secouru !
Il ne peut retenir les élans de sa rage ;
Et pareil à la foudre éclatant dans l'orage,
Il fond sur l'ennemi qui fuit épouvanté.
Seul l'ouvrier prussien devant lui s'est planté,
Et visant longuement, sans doute il va l'abattre ;
Mais changeant tout-à-coup son mode de combattre,

Bonnel brandit son arme en guise d'assommoir,
Et l'homme tombe ainsi qu'un bœuf à l'abattoir !

Notre héros, croyant qu'il n'a plus rien à craindre,
Revole à son ami. Nous renonçons à peindre
Sa douleur, son effroi quand il le voit couché
Sur le noble drapeau que son sang a tâché.
Il le prend dans ses bras, doucement le soulève,
Lui parle, l'interroge et croit parfois qu'il rêve.
Mais Raphaël ouvrant enfin ses yeux sur lui,
— Ami, dit-il, je crois que c'est pour aujourd'hui.
Emporte ce drapeau, si cher à notre France ;
Sous ses plis glorieux, hâtez sa délivrance.
Viens, je veux t'embrasser avant que de mourir !
Et maintenant, mon Dieu, daignez me secourir.
— Non, vous ne mourrez pas; Raphaël, du courage !
Laissez-moi vous porter jusqu'au prochain village.
Et lui faisant alors un lit dans le drapeau,
Il enlève à l'instant son précieux fardeau.
L'espoir de ses rayons illumine sa face ;
Il marche, il marche encor... il dévore l'espace...
Il sait qu'un prompt secours peut sauver son ami.
Notre Bonnel n'est pas un héros à-demi.
Va, va, hâte tes pas, enfant d'une patrie
Qui méritait au moins de n'être pas flétrie
Sous les pieds des chevaux des barbares du Nord,
Qui nous ont apporté le ravage et la mort.

IV

Sombre abîme insondé des volontés célestes,
Que vous cachez parfois d'événements funestes !
Tout-à-coup, du milieu des morts et des mourants

Qui gisent, tout là-bas, mutilés et sanglants,
Se dresse un spectre affreux à tête fracassée ;
Il suit dans le lointain une trace effacée.
Un sourd rugissement a grondé dans son sein ;
Car il voit l'ennemi qui s'enfuit sauf et sain.
Il saisit son fusil, et visant bien sa proie,
Il fait feu... puis regarde... Il n'aura pas la joie
De voir tomber son homme, il mourra sans savoir
Si Bonnel est frappé. Déjà d'un voile noir
Ses yeux sont obscurcis... Il vomit un blasphème !
Il retombe... il est mort ! Ah ! qu'il soit anathême !

Enfin les deux blessés sont au milieu des leurs.
Raphaël est remis aux mains de deux docteurs,
Qui devinent bientôt le dévoûment sublime
Dont notre forgeron vient d'être la victime :
Car son sang à ses pieds n'a cessé de couler.
Rien n'a pu jusque-là le faire chanceler.
On le couche tout près de son ami fidèle,
Qui malgré ses douleurs incessamment l'appelle.
Bientôt un des docteurs, désignant Raphaël,
Dit : Celui-ci vivra ; l'autre, montrant Bonnel,
Dit : Celui-là mourra ! En ce moment suprême
Le général passait voulant tout voir lui-même.
Arrêté devant eux il sut en quelques mots
Comment s'était conduit notre ouvrier héros :
Et détachant alors la croix d'honneur qu'il porte,
Il dit : Vaillant soldat, qui touches à la porte
Du séjour où tout brave en mourant doit monter,
Reçois-la de ma main, tu sus la mériter.
Et l'étoile d'honneur brilla dans les ténèbres,
Et le chef poursuivit ses visites funèbres.

. . . .

Quand l'aube se montra, le tendre Raphaël
Soulevé sur sa couche admirait son Bonnel.
Des larmes de douleur inondaient sa paupière,
Car il sentait, hélas ! que bientôt une bière
Renfermerait le corps de son ami perdu.
A ces tristes pensers il tremblait éperdu ;
Il se disait : Mon Dieu, sans mon fol égoïsme
Il vivrait, ce soldat modèle d'héroïsme.
Je n'ai pas su me taire et descendre au tombeau.
Devais-je donc laisser enlever mon drapeau?
Un soupir étranglé de son compagnon d'armes
Arrêta ses regrets et fit rentrer ses larmes.
Pareil à cette lampe aux rayons vacillants,
Qui jette tout-à-coup des feux étincelants,
Bonnel, qui va mourir, un instant se réveille.
Il reconnaît l'ami dont le regard le veille.
— Raphaël, lui dit-il, cette nuit j'ai rêvé
Que notre cher pays venait d'être sauvé.
Je m'en vais consolé ; la mort est moins amère,
Et j'ai l'espoir qu'au ciel je reverrai ma mère.
— Oh! tu vivras encor pour faire son bonheur...
Te voilà décoré... Vois cette croix d'honneur !
— Non, non, mais montrez-moi la croix impérissable
Qui fut de tous nos biens la source intarissable.
Raphaël, essayant un effort surhumain,
Lui présenta la croix qu'il portait sur son sein.
Bonnel en la voyant eut un divin sourire :
Puis, comme un pur accord que la harpe soupire,
On entendit ces mots : Ami,... ma mère,... adieu !
Et l'âme du héros s'envola vers son Dieu !

ÉPILOGUE

V

Raphaël a tenu noblement sa promesse :
La mère de Bonnel, objet de sa tendresse,
Est aujourd'hui sa mère et vit dans son château.
Son généreux ami, placé dans le tombeau
De l'antique famille, y dort sous l'abri sombre
Des lauriers et des ifs qui protègent son ombre.
Dans une croix de fer brille sa croix d'honneur
Sur laquelle sa mère attache un œil rêveur.
Raphaël a fait mettre autour du mausolée
Un rideau toujours vert où fleurit l'azalée,
Cette fleur qu'il reçut en un beau jour d'espoir
De celle qu'il aimait et qu'il n'a pu revoir ;
Car la mort l'a frappée au printemps de la vie,
Fidèle à son devoir, mais loin de sa patrie.

Si du champ de repos vous prenez le chemin,
Vous verrez, saint exemple, offert au cœur humain,
Une femme, un jeune homme allant toujours ensemble.
Le jeune homme soutient la femme au pas qui tremble.
Chaque jour, mère et fils, les yeux mouillés de pleurs,
Y portent leur tribut de regrets et de fleurs !

Sidoine Barraguey.

Imp. A. THORNLEY, 14, rue Soufflot — Paris